SATYRE
DES MŒURS
ET DES ABUS DU TEMS.

A MADAME DE ***

QUOY! *vous voulez icy qu'en dépit de*
   Minerve
Je faſſe une Satyre, & je force ma ver-
   ve?
Et que, ſans le ſecours du genie & de l'art,
J'écrive par caprice, & je parle au hazard?
   Vous, qui ſans offenſer pouvez railler & rire,
Et qui ſçavez blâmer & glozer ſans médire;
Qui ne pouvez ſouffrir ni vices, ni defauts,
Et qui leur arrachez leurs maſques vrais, ou faux.
** * * dont le goût peut ſervir de modele,*
Donnez-moy vôtre eſprit en m'offrant vôtre zele,

A

Et lorsque vous voulez que je n'épargne rien,
Prêtez-moy vôtre stile, & je renonce au mien.
　Je me mêle souvent de parler & d'écrire ;
Mais n'ayant pas vôtre art de blâmer sans médire,
Je fais grace aux defauts, & par bonne raison
Je me mets à l'abri de la comparaison.
Un censeur se l'attire, & l'on ne manque guere
D'ajoûter ses vrais traits aux portraits qu'il sçait faire.
La loy du reciproque entraîne qui médit
Au desaveu honteux de tout ce qu'il a dit.
Qui choque se dément, & l'esprit satyrique
Flate qui lui répond, & craint qui lui replique.
Ce caractere est bas, & l'on voit tout railleur
S'élever par l'esprit, & tomber par le cœur.
Critique qui voudra, je fuis toute satyre ;
Et j'aime encore mieux trop loüer que médire.
　Bourdaloüe & Gaillard, la Ruë & Massillon,
Pour attaquer le vice ont une Mission.
Ainsi que Juvenal dans la superbe Rome,
Despreaux dans Paris a dévelopé l'homme.
Moliere, par un art admiré des sçavans,
A joint le ridicule aux abus de son tems.
La Bruyere, prenant le ton de Theophraste,
A caracterisé les mœurs & leur contraste ;
Et la Rochefoucault, maître de ses couleurs,
A peint de tous leurs traits les esprits & les cœurs.
　A ces hommes fameux, à ces rares genies,
Les talens assortis, les graces réünies,
Les droits de l'éloquence & de l'autorité
Donnent le même ton que prend la Verité.

Mais pour moy de quel droit critique temeraire,
Iray-je m'expliquer sur ce que je dois taire?
Quel pouvoir m'autorise au gré de mon dépit,
A noircir ce qu'on fait, ce qu'on veut, ce qu'on dit?
Et de quel droit enfin iray-je dans ma bile
Satyriser la Cour, & critiquer la Ville?
La raison le veut-elle, & la Religion
Peut-elle me livrer à cette passion?

    Ne croyez pas icy, que d'un stile à la mode,
Des Tartufes du tems j'emprunte la méthode,
Que nommant tout, comme eux, du nom de charité,
Je sois humble par gloire, & saint par vanité.
Philosophe Chrétien, dans mon vray caractere,
Je fuis tout ce qui sort de la route ordinaire,
J'excuse, je pardonne, & je suis complaisant,
Et si j'étois, comme eux, je serois médisant.
Je ne veux estre en rien, comme ces gens du monde,
De qui la pieté sur l'interest se fonde;
Qui sacrifiant tout à leur ambition,
Calculent le produit de leur devotion.
Telles gens font horreur, & toute ame bien née
Trouve pour les noircir sa bile trop bornée.
Je vais les entreprendre, & de tout mon pouvoir
Les arracher au vice, & les rendre au devoir.
Sur ces indignes mœurs s'il faut parler, écrire,
J'accepte le parti, j'adopte la satyre;
Et répandant mon fiel sur toutes ces noirceurs,
J'ajoûteray leur ombre à vos douces couleurs.

    Je m'apperçois déja que ma bile s'enflame.
L'horreur du faux, du bas, se ralume en mon ame;

Et déja, comme vous, prenant un ton plus haut ;
Je ne tolere plus ni vice, ni defaut.

Nous sommes nez Chrétiens ; soyons ce que nous sommes.
Ne mentons point à Dieu, n'imposons point aux hommes.
Dieu ne s'y trompe pas, & les hommes entre eux
Y donnent une fois, & n'y donnent pas deux.
On ne voit pas long-tems triompher l'artifice ;
Le vray détruit le faux, & la vertu le vice ;
Rien ne peut nous cacher aux yeux de l'Immortel,
Quittons au moins le masque en venant à l'Autel.

On se trompe soy-méme en abusant les autres ;
Nous voyons les defauts de qui reprend les nôtres.
Menedor nous instruit, il parle bien de Dieu,
Il cite à tous propos saint Paul & saint Mathieu,
Ses discours sont remplis du sens de l'Ecriture ;
Mais il soûmet sa vie aux regles d'Epicure.

Dorilas, à l'entendre, a le cœur tout Chrétien ;
Mais il trompe en escroc, & se venge en Payen.

Ne sçait-on pas assez que Corinne & Florice
Tirent de leur vertu le masque de leur vice.
Coquettes à Paris, devotes à la Cour,
Elles changent de vie en changeant de séjour ;
Leur fard sur tous leurs traits avec art se ménage,
Mais leur cœur se découvre en masquant leur visage.
On en sçait l'artifice, on en voit le débris ;
Que leur en revient-il ? leur honte & nos mépris.

Tout le matin au Temple Ariane édifie ;
Mais elle est d'une humeur que rien ne justifie.
Elle insulte, querele, & médit en tout lieu,
Et se croit tout permis dés qu'elle a prié Dieu.

Dans

Dans l'un & l'autre ſexe un indigne artifice
De la Religion fait l'excuſe du vice.
L'hypocriſie éclate, & ſes fauſſes couleurs
Sont le maſque du front, & le poiſon des cœurs.
La ſainte Verité, dans les ames tracée,
N'offre plus à nos yeux qu'une image effacée.
Tout eſt faux, tout eſt double, & l'on ne connoît plus
Ni coûtumes, ni loix, ni vices, ni vertus.
    Je laiſſe prendre icy ſon eſſor à ma verve.
Je peins, & ce n'eſt plus en dépit de Minerve.
Elle m'inſtruit, m'inſpire, & me preſte des traits,
Qui vont rendre naïfs mes plus hardis portraits.
Pour blâmer & médire, il faut trop me contraindre.
Je critique avec peine, & je me plais à peindre.
Diogene en plein jour, la lanterne à la main,
Demandoit un ſeul homme à tout le genre humain.
Moy je ſuis Philoſophe, & ne ſuis point Cynique.
Je vois des gens de bien, l'homme n'eſt pas unique;
J'en connois un bon nombre, en qui gloire & pouvoir
Soûmettent la grandeur à l'amour du devoir.
Telephon & Tarcis ſont puiſſans, droits & juſtes;
On a des Agrippa, quand on a des Auguſtes.
Mais il faut l'avoüer, en fait d'hommes parfaits,
Qui veut les peindre tels, ne fait pas des portraits.
    Dans l'Egypte autrefois, dans la Gréce, & dans Rome,
On reprochoit le vice & le deſordre à l'homme;
Et dans le tems paſſé, comme dans le preſent,
On le croyoit injuſte, avide, & médiſant.
Se plaignoit-on alors, qu'affectant du merite,
Il cachât ſes defauts ſous un maſque hypocrite;

Et que se démentant dans ses divers états,
Il se montrât par tout, tout ce qu'il n'étoit pas ?
Mais l'homme parmy nous à luy-même contraire,
N'est rien de ce qu'il est, &) n'est qu'une chimere ;
Un composé confus d'orgüeil, de fausseté :
Son bien n'est pas à luy, son nom est emprunté.

    Tel se fait Magistrat, qui malin & severe,
Est moins juge en jugeant, qu'ennemi mercenaire.
Abusant d'un pouvoir qu'il ne doit qu'à son bien,
Il croit le meriter, quand il l'achete bien ;
Et promt à se venger, lent à rendre justice,
Il porte chez Thémis la haine & l'avarice.
Se cherche le premier dans ses propres Arrêts,
Ne peze le bon droit qu'aprés ses interêts ;
Et sur quelques raisons que l'on puisse l'instruire,
Croit qu'un bon Magistrat, pour bien juger, doit nuire.

    Le Financier, comblé dans sa prosperité,
Regarde avec mépris l'homme de qualité,
Se croit du même aloy que l'or de sa finance,
Trouve dans ses trésors & merite & naissance ;
Donne dans le grand goût, peze sur le grand air,
Efface par son train celuy du Duc & Pair ;
Couvre d'or ses lambris, ses meubles, son cortége,
Etablit son credit sur tout ce qui l'abrége ;
Prend pour son propre fonds les dépôts du Public,
Les employe en dépense, & les met en trafic ;
Les preste, les répand, les donne, les prodigue ;
Conte que son pouvoir le tirera d'intrigue ;
Et ne se souvient plus, que ses derniers parens
N'ont acquis leur grandeur, qu'en servant chez les Grands.

Le jeune homme de Cour prend pour pedanterie
Tout discours qui n'est pas fadeur, ou raillerie ;
Méprise tout sçavoir, & dans ce qu'on lui dit,
Croit, qu'en parlant en sot, on est homme d'esprit,
Et qu'il faut dans le monde, ainsi qu'à la ruelle,
Preferer au bon sens l'esprit de bagatelle ;
Parler étourdiment ; & sans réflexion,
Railler, mentir, médire à bonne intention,
Et pour autoriser la fade raillerie,
Payer par tout les frais de la plaisanterie.
Par ce beau caractere, où rien n'est soûtenu,
Il neglige son nom, comme son revenu.
Tout soin de l'avenir l'ennuye & l'importune,
Il fait rire, c'est-là sa gloire & sa fortune :
Il veut être plaisant, c'est son ambition :
Il raille, insulte, rit : c'est sa profession,
Et prenant d'un boufon le geste & le langage,
Il copie Arlequin, & se fait son image.

Le Courtisan heureux, troublé de sa faveur,
Balance son merite au poids de son bonheur.
Ebloüi de son sort dans un orgüeil extrême,
Il croit nous aveugler en s'aveuglant luy-même ;
Occupé du present & d'un long avenir,
Il bannit du passé jusques au souvenir.
Parens, amis, devoirs, égards, tout l'importune.
Il a changé de cœur en changeant de fortune.
Il ne se connoît plus, & connoît encor moins
Tous ceux dont l'amitié soulageoit ses besoin.
Insupportable à tous, à luy-même contraire,
Il perd tous ses amis, & ne sçait plus s'en faire.

Sa faveur lui suffit ; c'est aussi tout son bien,
C'est par-là qu'il est grand, de luy même il n'est rien.

    L'indiscret Petit Maître, aussi dupe qu'avide,
Embrassant ses amis, ouvre une bourse vuide,
Achete ses plaisirs aux dépens de leur bien,
Prodigue de grands fonds qui ne luy coûtent rien,
Et la bourse à la main, il tourne en ridicule
L'espoir trop reculé du creancier credule.

    Le bel esprit jazeur, fertile en beaux discours,
Ne veut jamais rien faire, & veut parler toûjours.
Joüissant, pour tout bien, des fruits de sa paresse,
Il mendie un secours au besoin qui le presse :
Il devient parasite, importun, & railleur,
Et fait un jeu d'esprit des desordres du cœur.

    Pour nos petits colets, faut-il que je designe
Ce que de leur état ils ont de plus indigne.
Je parle icy de ceux, dont la vocation
Fait voir plus d'interest que de Religion,
Et qui, dans les travers, dont leur conduite abonde,
Se consacrent à Dieu pour vivre en gens du monde.
Chacun d'eux est Abbé ; ce terme est déplacé,
Aujourd'huy bien profane, & saint par le passé ;
En eux ce beau nom tombe, & rien ne l'autorise.
C'est par leur revenu qu'ils tiennent à l'Eglise.
Ils prennent sur l'Autel, au gré de leurs desirs,
De quoy donner au luxe, & fournir aux plaisirs.
Dissipez, répandus, parcourant les ruelles,
Ils suivent nos Cloris, & sont plus femmes qu'elles ;
Promenent en public, aux yeux des gens de bien,
D'une main une belle, & de l'autre son chien,

Et

Et courent enrichir quelque indigne Cephise
Des mêmes revenus qu'ils volent à l'Eglise.
   Mais épargnons icy le sexe féminin.
Ne parlons point d'Abbez, de tabac, ni de vin;
Ne faisons pas, sur tout, le procez à ces Dames,
Qui le verre à la main ont honte d'être femmes;
Et de nos libertins prenant le train honteux,
Se picquent de fumer & de boire comme eux.
Laissons-les s'amuser avec leur tabatiere;
C'est un petit joüet, un air, une maniere:
Mais leur pipe à la bouche, & leur tabac au nez,
N'est pas d'un grand ragoût à des amants bien nez;
Et le soin empressé de vuider les bouteilles,
Ne les fait pas passer pour de jeunes merveilles.
Leur feu dans un repas, leur goût pour les liqueurs
En enflâmant leurs yeux refroidissent nos cœurs.
Pour le tabac, disons-le, une jeune personne
Soûrit quand elle en prend, & plaît quand elle en donne;
Il lui sert de prétexte, en ses airs obligeans,
A faire quelque avance en prevenant les gens;
On en refuse à l'un, on en accorde à l'autre;
Un choix qui ne dit rien semble exiger le nôtre.
Le tabac s'offre au nez, la belle s'offre aux yeux,
On rit, on dit un mot, on répond, on fait mieux,
On présente le sien, on l'offre, on le compare,
La complaisance s'ouvre & le cœur se declare,
On parle des plaisirs & des amusemens,
Et du goût du tabac on vient aux sentimens.
La déclaration, qui se fait la premiere,
N'est aujourd'huy le fruit que d'une tabatiere;

C

Et telle à qui l'on tient cent propos douceureux,
N'eût pas eu sans tabac un regard amoureux.

Les vieilles à leur tour, suivant cette méthode,
En tirent le sujet d'une avance commode;
Se donnent, par un art qui paroît ce qu'il est,
Les manieres, les airs, & le teint qu'il leur plaît;
Et cedant à leur sort de parler les premieres,
En offrant du tabac donnent des tabatieres.
Tabac des plus exquis, & tabatieres d'or
Sont en ce siecle un fonds qu'on appelle tresor.
Il en faut; jeunes gens aiment qui leur en donne;
Des dons aussi cheris font aimer la personne.
Les femmes à cet âge achetent les galans.
Cet abus est un vice, & ce vice est du tems.
Nous n'y changerons rien, la these est generale,
Qui néglige les mœurs renonce à la morale.

Le siecle est bien gâté : les travers des esprits
Passent comme un venin des peres à leurs fils,
Des freres à leurs sœurs, des meres à leurs filles;
On herite du vice en certaines familles.

Trasidor a du bien, un titre & quelque nom,
Il dit par tout qu'il est de fort bonne maison;
Son pere eut comme lui tous les vices ensemble;
Peut-on être surpris que son fils lui ressemble?

Persis a moins d'esprit & plus de vanité,
Il prend sans nul credit un ton d'autorité,
Il ne ménage rien & n'épargne personne,
Son fils fait comme lui, d'où vient qu'on s'en étonne?

Lize aime les plaisirs : le vin, le jeu, l'amour
Regnent toûjours chez elle, ensemble, ou tour à tour,

C'est par-là qu'elle instruit & son fils & sa fille,
Tous les trois ont aussi ces vertus de famille.

Ne mettons pas si fort tels exemples au jour.
On ne nomme que trop les masques à la Cour.
N'allons pas hazarder, dans une humeur caustique,
Ces traits envenimez qu'on place, ou qu'on applique.
Efforçons-nous d'instruire & craignons d'offenser.
Nous avons bien assez de quoi nous exercer,
Et sans avoir recours à la foy des exemples,
Les mœurs pour critiquer sont sujets assez amples.
Attaquons seulement ces defauts odieux,
Qui blessent la raison & qui choquent les yeux,
Cet esprit déplacé, cette chimere vaine,
Qui fait que l'homme court où son orgüeil l'entraîne.

Chacun passe sa sphere & sort de son état.
L'Huissier s'érige en Juge & fait le Magistrat.
L'Officier du Palais, amphibie, équivoque,
Est de robe & d'épée, il se masque, il se troque.
L'Artisan employé veut passer pour Bourgeois.
Le Bourgeois peu content prend un nom de son choix :
Et pour se soûtenir dans toutes leurs figures,
Les hommes sont trompeurs, scelerats & parjures.

On ne voit que des cœurs perfides, faux, cachez,
Aux plus bas interêts lâchement attachez :
Des cœurs qui dans leurs soins n'aspirent qu'à surprendre,
Ou l'amour trop credule, ou l'amitié trop tendre,
Qui se font un métier de vivre en imposteurs,
Qui méprisent les loix, les usages, les mœurs :
Et jusques sur l'Autel soûtenant l'imposture,
Osent déshonorer la grace & la nature.

Egards de bienſeance , &) devoirs de raiſon.,
ſont façons du vieux tems , vertus hors de ſaiſon.
Tout ce que les états veulent de difference ,
Se perd dans les dehors d'une égale opulence.
Les diminutions de rang , de nom , de bien ,
Ne retiennent perſonne & ne reforment rien.
Chacun à ſon portrait donne la même niche ,
Le pauvre eſt habillé ſouvent mieux que le riche.
L'Huiſſier a ſon parquet comme le Preſident.
Le Duc n'eſt pas meublé mieux que ſon Intendant.
Le Comte & le Marquis le diſputent au Prince.
Le luxe ſe ſaiſit du Bourgeois le plus mince ;
Et le Potier d'étain , s'il n'eſt pas indigent ,
Ne ſçauroit plus manger qu'en vaiſſelle d'argent.
    Tout a pris dans Paris une face nouvelle.
Le Bourgeois de ſa table a banni la chandelle ;
Sa femme en a proſcrit chez elle juſqu'au nom ;
La Ducheſſe luy ſert de regle en ſa maiſon ;
Attendant quelque titre où ſon orgüeil aſpire ,
Elle ſe couvre d'or , & brûle de la cire ;
Prend des airs de grandeur , jouë , & donne à manger ,
Son mary qui le voit , croit que c'eſt ménager :
Il luy voit acheter mille meubles frivoles ,
Pendules & Bureaux , Pagodes & Conſoles :
Elle en a bon marché , dit-il : mais ſçait-il bien
Que tout n'eſt que trop cher dés qu'il ne ſert de rien ?
    Pour le jeu , c'eſt un air reçû dans les familles ,
Les meres aujourd'hui l'apprennent à leurs filles :
Sur cette autorité , les filles à leur tour ,
Rapportent de leur jeu moins d'argent que d'amour:

Et

Et la neceſſité d'avoir des tiers à l'ombre,
Leur permet des galans *&)* le choix & le nombre ;
Et pour en trop avoir, & les ménager tous,
En gagnant les amans, elles perdent l'époux.
    Mais ſortons de Paris, *&)* voyons ce que gagne
Un bon Bourgeois qui dit : Ma maiſon de campagne.
Il y paſſe l'Eſté, ſes amis le vont voir.
Il faut les regaler pour les bien recevoir.
Samedy bon poiſſon, & bons ragoûts Dimanche,
Pigeons, poulets, perdreaux accompagnent l'éclanche ;
Le fruit n'y coûte rien, il vient de ſes jardins,
Reims & Bonne ont fourni ſa cave de bons vins.
Au coin du petit bois une bonne glaciere
Ajoûte le delice à cette chere entiere.
La glace y fait briller les vins & les liqueurs.
Qu'a-t-on encor de plus chez les plus grands Seigneurs ?
La maiſon, bien bâtie & richement meublée,
Offre mille reduits à la noble aſſemblée.
Icy ſalons ornez, là jolis cabinets,
Tric-tracs, Ombres, Billards, Baſſete, Lenſquenets,
Perſpectives, Cadrans au dehors des murailles.
Mon Bourgeois a-t-il tort de dire : Mon Verſailles ?
Faites joüer, dit-il, les eaux de mes jardins.
Cinq ou ſix lignes d'eau partent de trois baſſins.
On ſe récrie, on cite Apollon & Latonne,
Qui s'y connoît en rit, *&)* mon Bourgeois y donne.
Les trois Fontaines, tout, entre en comparaiſon,
Et l'on cite Marly, Verſailles, & Meudon.
Le ſoir dés qu'il fait frais, l'hôteſſe gracieuſe
Fait voir ſes Orangers à la bande joyeuſe.

D

On se promene, on trouve un joly pavillon :
J'ay fait, dit-elle, icy, mon petit Trianon ;
Si Monsieur y vouloit faire un peu de dépense,
J'en ferois le bijou le plus joly de France.
Icy, plaisirs nouveaux, grands rafraîchissemens,
On y sert les liqueurs au bruit des instrumens :
Messieurs, dit le mary, remercions Madame,
C'est, je le dis par tout, une royale femme ;
Voilà comme elle en use, & quand je suis icy,
J'y suis toûjours de même, & mes amis aussi.
On boit à leur santé, chacun les félicite,
La dépense est par tout un genre de merite.
Telles gens sont d'humeur à la pousser à bout ;
Mais une banqueroute est un remede à tout.

Vous voyez *** que dés qu'on veut tout dire,
On trouve assez dequoy fournir à la Satyre,
Et pour mon coup d'essay, je vous fais assez voir
Qu'en fait de critiquer, on n'a qu'à le vouloir.
La raison me retient ; car sans cela, peut-estre,
Ajoûterois-je icy ce qui n'y doit pas estre.
Tant d'abus differens frapent de tous côtez,
Que qui dit ce qu'il voit, dit trop de veritez.
Une femme d'esprit, pourvû qu'elle s'en moque,
Croit se venger assez de tout ce qui la choque ;
Mais tout homme sensé voit tout, & le sent bien,
Et plus sage, il tolere, endure, & ne dit rien.
Sa conversation brille moins, je l'avouë,
On est vif quand on blâme, & fade quand on louë.
Vous me le reprochez, je le croy comme vous ;
Mais je veux estre sage, assez d'autres sont fous.

D'ailleurs finiroit-on, si de ce même stile
On vouloit refacer (+) la Cour & la Ville?
Pour peu qu'on soit du monde, on trouve à chaque pas,
Des sots de qualité, des grands Seigneurs ingrats;
Des gens à tous devoirs opposez (+) contraires,
Des devots relâchez, des coquettes austeres;
Des Marchands usuriers, des Juges chicaneurs,
Toute sorte d'esprits, d'humeurs, & point de cœurs.
On ne se pique plus d'estre bon, d'estre juste.
Tous Mécénas sont morts à la Cour d'un Auguste.
Le plaisir de servir, le charme d'obliger,
Sont termes de pedans & d'un goût étranger.
LOUIS aime les Arts, les talens, les sciences;
Ses graces, ses bienfaits suivent ses preferences;
Mais peut-il voir luy-même, (+) de ses propres yeux,
Parmy tant de sujets ceux qui valent le mieux?
D'Apollon, de Pallas il est la vive image.
Tout chef-d'œuvre luy doit son prix, ou son ouvrage;
C'est Auguste en un mot, mais dans tous ses états,
Parmy tant de Héros nous cherchons Mécénas.
Quelqu'un s'empresse-t il à servir le merite?
Qui le peut s'en excuse, & qui le doit l'évite.
Tel s'offre & se promet, qui cachant ses ressorts,
Va détruire au dedans ce qu'il fait au dehors.
Parlons en géneral, & confessons que l'homme
N'est plus ce qu'il étoit dans la Gréce & dans Rome.
L'ambition bannit la droiture du cœur,
Et l'intérest a pris la place de l'honneur.
      Je souffre le premier tous les coups les plus rudes
Des noires trahisons & des ingratitudes.

J'ay ménagé des cœurs constans à me trahir,
Je ne puis les aimer, ni ne sçay les haïr ;
Et de peur de chanter une palinodie,
Je me tais sur mes maux, & sur leur perfidie.
    De quoy me serviroit, ardent à me venger,
D'attaquer des defauts qu'on ne peut corriger ?
Qui joint quelque intérest à beaucoup de malice,
Ne sçait pas préferer la raison au caprice.
Les defauts naturels regnent par tant d'appas,
Que l'on ne se défait que de ceux qu'on n'a pas.
On prêche dans Paris, on instruit, on dirige,
Voyons nous pour cela quelqu'un qui se corrige ?
Ne vit-on pas de même ? & malgré tant de soins,
Les hommes trompent-ils, & se masquent-ils moins ?
Croyez-moy * * * quittons toute censure.
La grace seule peut reformer la nature.
Si les hommes sont faux, perfides, scelerats,
Ce que nous en dirons ne les changera pas.
Appuyons sur l'exemple, & reprenant les autres,
Ne citons pas leurs mœurs, pour excuser les nôtres :
Ne nous exposons pas au reproche honteux
De ces mêmes defauts que nous blâmons en eux.

PErmis d'imprimer. Ce 10. Mars 1702.
M. DE VOYER DARGENSON.